U0532373

北纬42°的蓝

王晶晶 著

北方联合出版传媒(集团)股份有限公司
春风文艺出版社
·沈阳·

图书在版编目（CIP）数据

北纬42°的蓝/王晶晶著. —沈阳：春风文艺出版社，2021.7
ISBN 978-7-5313-6032-2

Ⅰ. ①北… Ⅱ. ①王… Ⅲ. ①诗集—中国—当代 Ⅳ. ①I227

中国版本图书馆CIP数据核字（2021）第141257号

北方联合出版传媒（集团）股份有限公司
春风文艺出版社出版发行
http://www.chunfengwenyi.com
沈阳市和平区十一纬路25号 邮编：110003
辽宁鼎籍数码科技有限公司印刷

责任编辑：韩 喆	责任校对：陈 杰
封面设计：黄 宇	幅面尺寸：145mm × 210mm
字　　数：120千字	印　　张：5.25
版　　次：2021年7月第1版	印　　次：2021年7月第1次
书　　号：ISBN 978-7-5313-6032-2	定　　价：45.00元

版权专有　侵权必究　举报电话：024-23284391
如有质量问题，请拨打电话：024-23284384

目 录

一 大地郁郁葱葱

北纬42°的蓝 / 003

候鸟之歌 / 005

庚子年穿越草原路 / 007

请叫它祥云 / 008

在波光粼粼的稻海 / 010

盘山楼的雨 / 011

德力格尔湖畔 / 012

在西旧府水岸抒情 / 013

圣经寺与遇见 / 015

离海最近的草原 / 017

千佛山日记 / 019

送你一片那木斯莱情丝 / 021

枫林里的鹿 / 022

春风吹过欧李山 / 023

从小沙力土池塘流出的一首小诗 / 024

郊外有湖 / 025

漫步在章古塔拉小镇 / 026

为故乡境内的四条河流写一支短歌 / 027

闹德海不是海 / 028

行走在大清沟左岸 / 029

遥望都尔鼻古城 / 031

手绘千年古枫 / 033

隔着距离看你 / 034

寄往枫叶形故乡的一封信 / 036

二 回声奔涌而来

沙地尽头的彰武松 / 039

向每一株平凡的植物致敬 / 041

为什么一再谈起荒漠 / 042

我因此记住了红花尔基 / 044

记五种植物 / 046

在大漠苍松碑前 / 048

途经名叫八棵树的村庄 / 050

在大一间房高高的树荫下 / 051

科尔沁沙地南缘的绿色回响 / 053

过北甸子村 / 055

一次采访记录 / 057

十九年，两千四百亩 / 059

采访植树固沙人归来 / 061

遥远的西树林 / 063

雪夜，听不见的马蹄声 / 065

凝望一张照片 / 067

由一片沙棘想到另一片沙棘 / 068

阿尔乡，一道常年出现的风景 / 069

写于百草园 / 071

怀念一个人 / 073

被一株叫作胡枝子的植物唤醒 / 075

苍　耳 / 076

每当想起这些 / 078

春风吹来凰 / 079

所有的树都表达同一种心情 / 081

松林静默 / 083

三 融入绿水青山的合唱

一种精神与沙的四个变奏 / 087

对《新千里江山图》的局部描述 / 089

致蝶变之沙 / 091

记一场铸造行业技能精英比武大会 / 093

铸造车间的早晨 / 094

请记住，这明亮的花火 / 095

经过沙画扶贫车间 / 096

读一幅金丝沙画 / 097

速写光伏之光 / 099

写在旱田改水田施工现场 / 100

稻花香时，梦更甜 / 102

大地被沉甸甸的谷穗重写 / 105

幸福，正在进行时 / 106

有一种樱桃叫红如意 / 107

一场贯穿梦境的大赛马 / 108

冬捕节再一次将巨龙湖照亮 / 109

有朋自远方来 / 111

陪友人看海 / 113

有关故乡的补充说明 / 114

开往春天的高铁 / 115

触手可及的梦境 / 116

一个叙述者的又一次还乡 / 117

致渐行渐近的归来者 / 118

举杯再邀客 / 120

在沈阳后花园等你 / 122

四　与万物同行

倾听楚尔 / 127

童年的蒲公英 / 128

为远去的树写一首回忆的诗 / 130

出省记 / 132

槐树下 / 134

沉浸 / 135

春风又绿 / 136

开在海边的不凋花 / 137

那一刻我是富足的 / 138

与蓝靛草有关的一次重返 / 139

枕河而栖，栀子花 / 140

桥，梦的上游 / 141

留恋处处，水 / 142

雪或雪景以外 / 143

这执拗毫无来由 / 144

河畔写意 / 145

山中望远 / 146

途经福字 / 147

开在集邮册里的花 / 148

仿佛从未离开 / 149

第十六枝向日葵 / 150

站在桥上看到的风景 / 151

每一片树叶都如同钥匙 / 152

在大辽河宽阔的掌心 / 153

万物共生 / 154

一　大地郁郁葱葱

北纬42°的蓝

对于一座名叫苍耳的小镇
时间不是白驹过隙,是半个世纪以上
一场黄沙覆盖另一场黄沙
是没有唱词的四季,是我和我们噙着泪
向回翻阅的,漫长的低音区

逆流而上,从一粒草籽出发
以雷打不动的初心,沿曲折向上的轨迹
一寸一寸,唤醒沉睡的土地
还原内心的雨水、惊蛰、谷雨
春天,本来的词性

一片片叶子打开光的入口
一阵阵松涛划破大荒漠的沉寂
林草叠加的气息,鸟雀欢鸣的汇集
从眼睛,一直漫到心房

站在高高的瞭望塔
越接近宝石蓝的天空,越能清晰地看见
那些与愚公移山遥相呼应的细节
那么多推动故事情节发展
义无反顾,走向大漠深处的背影

绿了章古台,白了少年头——
那一座耸立在科尔沁沙地南缘的沙雕群像
是一整块蓝色的奠基石

——北纬42°的蓝

候鸟之歌

争先恐后
一群群数以千计的动词
从我们的仰望中飞出
丹顶鹤、白鹤、大天鹅、小天鹅、白琵鹭……
一瞬间,柳河醒了,巨龙湖醒了
那木斯莱湖也醒了

亮丽的、落在心上的光斑
一粒粒推向心灵高处的音符
一圈又一圈荡漾开去的蓝而明澈的波纹
如同不断漫延的相思
一遍又一遍扩展我们的视野
当然,更包括心空

彼此对望,而后碧波汹涌
我必定是深深沉醉着的
跟随所遇见的众多之美,我走出很远很远
以至于丝毫没察觉到正面临的考验
抒发,我无法不提到灵感
它们没给我留下地址
哪怕是神秘的

我不能借助任何一个词

更上抒情的层楼

我不能将一首诗写得漂亮

更无法向你清晰地诠释体内的颤音

只能,也只能在2015年3月28日的日记中写下

是日,北纬42°07′—42°51′之间

密集如乡愁,归来如游子

——北纬42°的蓝——

庚子年穿越草原路

和以往见过的草原并不一样
它不是著名的景点
你在地图上找不到它的名字
它不够辽阔,不够壮丽
甚至,与碧草如茵还存在一段距离

不能不承认:它是慢的
漫长的前世限制蜕变的进程
它从凹陷的低处出发
经过无法想象的曲折与茫然
才以平坦的形容进入我们的视野

它又是迅速的
犹如光线冲破云层
犹如庸常之中向上的一跃
无论具象还是抽象
都在两山之间
将自己成功转化为一条路

它铺展在我们的遥望里
用伸向高远的手臂
擦拭天空,连风都是亮的

请叫它祥云

一只白天鹅、两只白天鹅
三只白天鹅……当数到第二十九只
我的身份发生了转变

我不再是养息牧河岸边的散步者
不再是看风景的人
我忽然记起遥远的童年
黄沙击打窗玻璃发出的啪啪声
记起自己在风钻进门缝的怪异哨响中
翻开春季号的《儿童文学》
读完那篇与白天鹅有关的童话

那时,我年幼无知
天空飞鸟罕至,地上草木稀疏
我竟不知道自己身处荒漠
也不知道有一种修辞方法叫对比
更不知道信笔画下的九百九十九种图案
都是梦境与翅膀的汇集

去岁遇见,今日重逢
值得我感恩的——
翻山越岭之时从未止息的飞翔

大篇幅进入视线的洁白
直抵心灵的影子
一阵比一阵晴朗的天空
都是辽阔、深刻和余音袅袅

多年前的那场阅读不是两手空空
一瞬间,我饱满得即将开花
一朵,一朵,又一朵……
让我热泪盈眶的
排比句一般的朵朵祥云
将成为故乡,永恒的部分

在波光粼粼的稻海

这是我第二次写到稻田
上一次,是在去草原的路上

伴随风的吹拂,九月
我来到母亲河的沿岸
在一片爱过无数次的土地
停下脚步

田野闪亮,水面生辉
一行行飞鸟在其间来回滑翔
它们画过的弧线有如重逢之后
娓娓道来,和甜美的溢出

对岸,是稻海的另一个支流
是光与光的交织与重叠
是现实和梦幻的统一
未经任何捕捉
我直接就进入了沉醉

我看到金色的炊烟向自己涌来
看到圆桌面上的餐具盛满丰收的喜悦
那灿烂饱满的
已填满大地的诗笺

盘山楼的雨

用不了几天就是春天了
我的意思是说
该去盘山楼赏一场梨花雨

那一季明亮的所在
年年向我涌来,每一次
都有我熟悉的新面孔在其中
大朵大朵的雨,大片大片的洁白

将其视为另一种重逢,如何
不必问我,本来如此呀——
它已将酝酿了整个冬天的春色给你
毫不吝啬地给你
纯粹得不掺任何杂质

德力格尔湖畔

在湖畔
我停留了很久

我阻挡不了
一只回溯的小舟
摆渡到时光的上游

也是清晨:雎鸠在场
应和的鸟鸣在场
贤良美好的女子在场
还有,必不可少的
绵延到另一片天空的风

为古人吹拂
也为此刻的人吹拂
浓密的,散发着诗经香气的花叶
准备出场的双声与叠韵
一层层浸润我的
开篇与宁静

我几乎相信:两千年以后
一首诗与另一首诗
毗邻

在西旧府水岸抒情

沿着苜蓿草指引的小路
车子在水边停下来

水面没有想象中的宽阔
但有现实以外的惬意
不曾消逝的,还是多年以前
那枚半落的,落日

氤氲是另外一个情节
在我们不断投去的目光里
前一分钟是梦,后一分钟是幻
它创造了语境
却不说破

铺在水面的
除了那句唐诗,更有水鸟
盘旋在它应该出现的镜头里
周而复始,冲击视觉

那——
唯有在此时才生动的涟漪

那么多,不请自来的
让我们暗自生出
在此落地扎根的愿望

——北纬42°的蓝——

圣经寺与遇见

出城,向东,百华里
于龟山山脊之上,于林木茂密之处
打开时间或生命的另一帷幕

山门前的石狮从一百五十年前就已开始等待
你的乘兴而来,你的风雨兼程,你的静默良久
如果你肯忘记心境中的冰雪与夜色
你会于意料之中发现:转经楼的砖墙上
楚楚动人的,阳光

温暖,明亮,充满灵性
不是一闪,而是恒久地存在
抚摸那吉祥的光束,你仰头而读
仿佛打开一扇门,找到深入万物的入口
接近从未登临的顶峰

上升,这是每个问道者的必经之路
沿七级进寺甬道,登上三层藏式庙宇
通过壁画中鲜艳如初的神话
一步一步,靠近九九八十一种启示

进入光明中心并超越目光所及
多么好——你抛却羁绊脚步的俗物
与要寻找的自己一见如故

——北纬42°的蓝——

离海最近的草原

宽阔的道路通向辽阔
不必山一程水一程
你只要带上时间和一整片的停顿
你只要做离弦的箭

渤海湾,滨海大道
顺着我指的方向
再往前方走
你会遇上另一片海

先于你抵达的万顷碧波
此刻已转换为你期待中的颜色
长长的木栈道也已为你铺好
你只要站在大朵大朵的白云之间
移动目光,张开臂膀,深呼吸

对了,再送你一匹马
一匹想象的马,这样你就可以穿越
穿越草原、山冈、河流,穿越到20世纪
聆听茫茫大漠中,可歌可泣的故事
那是真实的发生,是无界无疆的感动

我为什么要提到这些
你是不是以为我的思维过于跳跃
我倾向于一言不发的回答
当你自远方归来
你内心的海会涌出宏大的诗篇

——北纬 42°的蓝——

千佛山日记

山门宽阔一如想象
迈进的步子流畅一如回家
穿过人群与一颗颗虔诚的朝拜之心
你看见一大朵金色的莲花
安静地盛开在时光中

向彼此靠近
发光的路面通往向上的台阶
你经过晨钟与暮鼓
在岁月的回声中,一步一步
展开折叠的自己

更好的遇见在高处
坚硬的刻刀,优美的线条
从石壁内部开始生动的摩崖造像
微笑与宁静,端庄与祥和,美与满
像与佛,交相辉映

这一天你第一次见到日晕奇观
七种光线环布,七种惊异加深惊喜
内心的羊群忘记雀跃
你什么也没说,径直走向那棵古树

在高高的枝头系上红绸带
添加对亲人的祝福

那盈满枝头的记忆,至今光彩照人

——北纬42°的蓝——

送你一片那木斯莱情丝

令人神往的那木斯莱
如一条蓝色绸带
在我的记忆里飘了很久

童年时,我羡慕同桌的女孩——
每个暑假过后,她都会和我说起
外婆家附近的湖,湖水中的蓝色涟漪
涟漪上盛开的莲花和扑鼻的香气
她说她遇见过莲花仙子
在演算纸的背面
她画满了衣袂翩翩的女子
我相信她说的每一句

当我终于乘着那木斯莱一号游船
渡到水中央,我看到了为我停留的梦境
依然年轻的莲花仙子正在花间起舞
她朝我微笑两次,一次为现在
一次为从前

枫林里的鹿

我始终不能忘记
去年秋天,高山台脚下的枫林
薄而透明的雾色中
三只小鹿

它们同时出现在我的眼前
花季少女一般:安静、美丽
一双双清净明澈的眸子
闪耀着只有初相遇时才有的光辉

我手持红叶的手停在半空
脚步不敢有半分移动
生怕一丝丝不合时宜的响动惊扰到它们
就这样,我们望向彼此
如静止的画面

我相信这就是最好的关爱
由始至终都不去打扰
将所有流光溢彩的都留在心底
我希望,每个人都如此

春风吹过欧李山

上万颗草籽
在大地与天空之间
铺开色彩与辽阔

每一丛绿都有发自体内的回声
那些并不古老的场景
会让人们于不经意间
完整地复原

漫长的被风沙侵袭的岁月
不曾改变方向的人
保留至今且继续保留的车辙
流泻千里的深情
一遍遍照耀后来者的心

风经过更深的梦境
重新发芽的,除了时间和记忆
还有在扩散以外
任何语言都无法企及的

从小沙力土池塘流出的一首小诗

小沙力土,蒙古语地名
它的汉语意思我记不太清了
只记得,那里有片池塘
夏天一到,莲叶、荷花、杨万里的诗句
会准时铺展在那里

倒影重重
总会让我想起什么
远去的,或者近在的
四面八方,似乎毫无关联

但其间并不隔着什么
在那条叫作光阴之线的另一端
连着走不散的记忆
作为与天地对话的荷塘
它的明亮是苏醒,也是追忆

游人如织,兴致正浓
我不愿再提曾经的风与沙粒
一望无际的沉默
我只是自言自语:要是在从前
想看到这样的景色
绝对是种奢望

郊外有湖

我无法成为喧嚣中的一分子
绕过经纬交织的街道,飞奔数十里
如愿成为秋天的木栈道
凭栏的菊

天空有着从未有过的晴朗
湖面要多平静有多平静,没有轻舟荡漾
没有作声的山风,也没有画蛇添足的涟漪
只有几处白鹭,玉一般
镶嵌在树的倒影里

我大面积使用着静美一词
直到忘记盛开,存在,直到恍悟
这一生,并不只是在修辞中
与美景相遇

漫步在章古塔拉小镇

清晨的阳光格外好
风的吹法也不像来自冬天
我们以小镇加油站为起点
沿沥青铺就的小路往深处走

炊烟此刻已经消散
随意移动的目光落在红色琉璃瓦房
金黄色的干草垛,一两只
飞来飞去的小喜鹊身上

不远处的大地与树
为接下来的预测架起了梯子
哪年雨水充沛,何时果实挂满枝头
话题不断长出新鲜的叶子

对面的小型客车驶过来
一阵爽朗的笑声洒在路面
我们一致认为:继续向前走
必定会看见更多

为故乡境内的四条河流写一支短歌

请相信，每一条河
都有属于自己的花期

比如候鸟归来
颤动的翅膀划破空气
冰的门随着一阵哗啦声打开
山外的消息成为柳河的先知

比如苇笛声声，唤和风
也唤它吹拂的事物
天光，云影，密集的鱼群
你会发现，绕阳河的船舱是满的

比如枫叶红遍山坡
收获的田野对接播种者的期待
养息牧河展开长镜头
连贯地复制每一个情节

比如，去年春节
我在秀水河蓝色的冰面滑翔
以盎然的游兴默默地构图
将诗意的远景定格为生命中的近景

闹德海不是海

没有海风,没有船只,没有码头
闹德海不是填充想象的海
它是名字里藏有波涛的水库
蒙古语的意思是你难以猜到的:白沙湾

从前,这里盛产白茫茫的沙
等我们赶到的时候
它已收起咆哮与泥沙俱下
变迁中,某一次抬升或下切的伤痕
也已消失在葱茏的草木深处

流水在其间从容地前行与转折
出现不早也不晚的铁索桥
在峡谷之间,气定神闲地轻摆
当桥上的人从这一端走到另一端
两省之间便消失了距离

不能到此为止
我的意思是说,桥仅仅是过渡
更精彩的不是投射在眼睛里的风景
而是那些看不见的脚印
那些,无声的回响

行走在大清沟左岸

这条路,我第一次走
不知道是来得晚还是过于太晚
我被深深的惭愧感击中

此前的谈笑是强烈的反衬
现在,我陷入三小时以后的呈现
夹在对树的已知与未知之间
并确认自己的无知

根,裸露在泥土之外
枝干向天空伸展
如果你也在,一定和我一样
愿意将眼前的树称为生命
当它们以意想不到的姿态集体出场
来自水底的呼吸不均匀到
令整个岸摇晃

倾斜,横亘,曲折,变了形的生命
为每一个来者奉献出回望的直径
仿佛每一场地裂都亲眼看见
每一次竭尽全力的挣扎
都亲身经历

令人落泪的,是那状如母亲的
她怀抱婴儿的扭曲手臂
定格在暴风雨正激烈之时
那形同硬汉的
他贯穿始终的坚韧已上升到巅峰

它们用比百年更久远的岁月
赋予信念以意义
它们用一千个理由奋力昂首
它们习以为常,它们心如平镜

再没有更好的教育胜过
我在清沟下游古残遗森林植物群落
徒步的三小时

遥望都尔鼻古城

登上高山台,再高一点
站在变迁后依然完整的巨大山石上
听风声穿过松林,看周边的景色
历史一般,静下来

发光的柳河水指向东南
一座依山傍水的古城正以静止的姿势
行走在时隔几百年以后的
此时,此地

盛京与蒙古的必经之路
当然绕不开驿站
叫作多尔衮的那个人在此选址度量
筑屏城,搭土台,建马厩

加宽视野的是两扇门
一曰安边门,一曰广边门
赐门额的皇太极立于城池之上亲自点将
擂鼓,列阵,整装,万马奔腾
从往事的原野穿过……

古城墙,高铁线,纵与横

从旧址到新城——多么近哪
当目光被刷新,呼啸而过的和谐号列车
再一次,将一把入关的钥匙擦亮

——北纬 42°的蓝—

手绘千年古枫

描绘一棵树需要时间
尤其是穿过一千五百年风雨的古树
它的背景,它的高度,它的轮廓
它的前世与今生

一粒小小的种子如何在岩石中扎下根
一片片叶的翎羽是如何
将艰辛的跋涉转化为翩然的生命
那带着伤疤的坚定向上的躯干
又是如何撑起与天空相似的巨大树冠

历史从不会等在原地
我们也无法向岁月借来更快的车轮
比出生以前还久远的谜底
注定,无人能追得上
但我们相信——

它是沙漠中的一棵神树
是身披光芒的炼金者
它尚未说出的一切
正带领出发的笔触走向纵深

隔着距离看你

车出山海关
泰山,长江,直辖市,五个省
一天一夜……

此刻,我在千里之外
大码的箱子装着我的水杯、书和笔记本
还有临行前我特意带上的
布鞋和布衣裳,当然,也少不了
在你身旁养成的旧习惯

我来这里已经二十九天了
每个清早,我都会在日历上圈画
准时地,通过百度搜索十月的辽西北小城
我通过天气预报,日日复习
你的温度,你的气息

不论乘坐地铁还是走在高架桥
我总会在纵横交错的路线图中寻找
与你有关的拼音和汉字
当我与一条叫作"彰武"的街道重逢
没有哪个词能替我说出心中的惊喜

我知道,当我表达
我便错了。经过的每一阵风
风中的每一缕芬芳
都是我对你的靠近与回望

寄往枫叶形故乡的一封信

此刻,我在千里之外的江南
在八月桂香的浮动里,给你写信
来自柳岸的风吹动我的纸和笔
不断漫延的河水涌向明亮的月光
我已被无边无际的思念包围

身为你枫叶形版图上的一枚
被热爱与赤诚染得通红的枫叶
我是多么自豪和喜悦呀
但总有那么一瞬间
我会感觉到从回忆深处漾出来的
别人看不到的,我的忧伤

对你,我还没有任何回报
连一首赞美诗都没能完成
连一次发出轻微响动的掌声也没有
我还没有找到恰当的方式替自己
表达内心的百感交集
你不知道,我有多惭愧

二　回声奔涌而来

沙地尽头的彰武松

一棵树有时不是一棵树
尤其是一棵叫作彰武松的树
它的诞生是一场艰辛无比的长途
站在它背后的万顷林海
是一部上演了七十年的大剧目

站在浓绿的树荫下
我真的无法平视看到的风景
风与沙,树与沙,人与沙
反反复复,在风沙满袖的回忆中行走
我总是词不达意地问路过的人

你见过心中有梦的松子吗
见过比豆芽还要嫩小的松苗吗
深扎于沙地深处十几米长的松树根须
历经千百次击打依然屹立不倒的信仰
你,见过吗

你眼睛里看到的,只是树的飞翔
它飞出辽宁,飞向三北防护林飞向北京冬奥会
飞出大漠风流飞出绿色之歌飞出世界之最
它飞出,人定胜天的奇迹……

但我想对你说

那支撼动人心的灵魂交响曲
只有当你真正俯下身
贴近大地时,才能听到

——北纬42°的蓝——

向每一株平凡的植物致敬

原野上,那么多
我爱的植物:沙打旺,胡枝子,差巴嘎蒿
紫穗槐,小叶锦鸡儿

还有,生在路边的苍耳子
长在石缝间的车轮菜,年年怒放的野山菊
聚集在辽西北天空下,朴素的
小花和小草……

背对曾经
无边的苍凉,呼啸的狂风
以低到尘埃里的站姿和一生的安静
一次次,抬高我们的视线

每当仰望它们
那一段段远去的故事,都会烛火一般燃烧

为什么一再谈起荒漠

荒漠,不是一个词
它是大面积的萧瑟与无望
是几代人怎么走也走不出的阴影

黄沙漫过了生活
履历表上,我居住的城市
曾经,脚步是那样艰难与缓慢
但这些——躺在白云臂弯里的孩子
他们什么也看不见

触手可及的蔚蓝是我的支点
每一棵植物的身体里都有苍茫的声音
受源头的指引,我靠近完整的光
并获得明亮的启示

如万亩松林中细密的松针
太多的英雄值得歌唱
我虽不手艺精湛,但我有持久的热情
我相信自己能炼出与你、与我、与远方
密切相关的药

从星辰到大海,由远及近
快了,我已深入天空以外的天空
展开第七十页稿纸……

我因此记住了红花尔基

半个世纪以前,我的先辈
怀抱万物苏醒的夙愿,赶往呼伦贝尔
一个名叫红花尔基的地方

山林,峡谷,河谷,盆地
千里风尘来不及掸去,他们急切地
敲开獐子松林的苍翠之门
当目光拥抱到巨大的"葱茏"一词
他们恨不得立刻能将远方的风景移植

马蹄声声,日夜兼程
他们用粗糙的摇篮一般的手掌
捧回一颗颗松果,那是沉甸甸的
医治故乡大面积伤痕的解药

十万粒种子,没有一个是旁观者
它们拱破荒芜多年的大地
在异口同声的"一、二、三"声中
大踏步,朝深处扎根
向高处生长

春天失而复得,如今

视野所及——绿色绵延不绝
这里,已成为獐子松的又一个故乡
辽西北的天空因它而格外明亮

记五种植物

那鹅黄轻吐,势如飞雀的
叫作小叶锦鸡儿
是他们迎着铺天盖地的沙
在风速每秒五米的春天找到的

那枝条丛生,叶如披针的
叫作小黄柳
是他们顶着烈日,五十六度高温
在大漠的最深处找到的

那根须深长,绿茎直立的
叫作差巴嘎蒿
是他们背着干粮和咸菜徒步
在数十里外的沙丘腹部找到的

那青枝碧叶,花冠红紫的
叫作胡枝子
是他们跋涉于寒露与霜降之间
在沙丘的高岗躲雨时找到的

那花期漫长,荚果压枝的
叫作紫穗槐

是他们放下行李,从租住的土房出发
在滴水成冰的丘陵脚下找到的

这些——
第一代固沙人艰辛找寻反复研究并亲手栽下的
不怕风欺不怕沙压不怕霜打不怕雪埋的绿色植物
是科尔沁沙地南缘的有功之臣

在大漠苍松碑前

这是他最后的住所
东边是松树,西边是松树
南边北边都是松树

他的每一天
都和大一间房的松林在一起
和酷爱的治沙事业在一起
和一座城市的过去和将来在一起

脚印,背影,心血,生命
年年出生的小树苗,被蓝洗过的天空
传得很远很远的春风,这些
都是他留下的

他留下的,还有自己的儿女
儿女的儿女,连同他们的人生
留在了这个燃烧他一辈子
还觉得不够的地方

紧贴着远离故土的北方村庄
在比夜空还要寒冷沉寂的墓地
他一声不响地

睡去了

这个曾在战场上冲锋陷阵的人
这个曾担任过区委书记和县长的人
这个无怨无悔在荒凉的章古台默默奉献了数十年的人
是我们每个人的恩人

他的名字叫——刘斌

途经名叫八棵树的村庄

从第一棵到最后一棵
其间,挺立着的
何止是六棵

由远及近,背影层出不穷
与风沙接壤的往事难以成为过往
我们在纵横交错的细节中
踱步,心潮起伏

向逆风而行的去者
向黎明和黄昏中的剪影
向满腔赤诚创造出天空高度的人
致意,从深深到更深

不经过运笔,不经过托物言志
我们直接由过客转换为赶路人
从八棵树出发
去完成那些未完成的

在大一间房高高的树荫下

在一个叫作大一间房的地方
在一片林海的原始波涛中
触摸一棵又一棵树和与树相关的历史

满目青翠,唯缺少你和你们
远去的第一代治沙人哪
此刻,正有一朵云经过头顶
它落下的雨打湿了这座城市的上空
可你不会知道
你的视觉听觉触觉
早已终止在多年以前

被风沙止息前最后一粒沙击中
这不是一个成功的比喻
但你饱经风霜的年轮
确实已找不到向右旋转的方向
你倒下,紧贴着泥土

鲜花绽放的大地托举两个字:初心
这独一无二的心灵景色
唤醒我笔尖的一行字:因为红,所以绿
作为你身旁一棵微不足道的小草

我手握你给予我们的光
在时间的停顿中低下头，再低下头
感恩，悲伤地流泪

——北纬42°的蓝——

科尔沁沙地南缘的绿色回响

茂密在山水间的翠绿、碧绿、墨绿
是一片片生机盎然的词语

一棵挨着一棵的,是石缝间
向着天空生长的油松、侧柏和白杨
一簇接着一簇的,是山坡上
引领季节的山榆、沙柳和紫穗槐
一片连着一片的,是河堤旁
正在拔节的庄稼和不断延伸的草场

在视野和心房里同时出现的
还有一段段倒流的时光
无风一片白,有风满天沙
曾经,布谷鸟被吹得四处逃散
播下去的种子被一次次挪移
春天,无动于衷

一片土地从前世走到今生
多么难哪,比石头开花还不容易
一个人顶着烈日走来,一群人冒着霜雪走来
由点汇成面,他们合力为未来掌灯
以布满老茧的双手,以浸透苦涩的脚步

以半生的白发,以水滴石穿的执着

他们来过,又去了……
他们留下满目葱茏,留下治山治水的好经验
他们还留下了大地的回声
让后来者聆听

——北纬42°的蓝——

过北甸子村

他的周围站着的全是树
它们向他行着注目礼

他亲手种下的树
一棵棵，都熬过了冬天
唯有他困在了多年前的三月
料峭的寒风里

带着最后的刚毅
他躺在了昨天与昨天之间
躺在了大地的深处
躺在了獐子松高大的树影里

他的遗产——
除了村庄上空的蓝天白云
希望林、表率林和边界林
一条通往远方的天路
还有一只水杯、一把铁锹
他奋斗过的，重重叠叠的背影

转述者与倾听者的泪水
落满拥挤的纪念馆

北甸子，这个在地图上找不到的小村庄
被一个叫作董福财的人
放大，一遍又一遍

——北纬42°的蓝

一次采访记录

我们谈到獐子松的高大挺拔
谈到万顷松林的郁郁葱葱
谈到20世纪90年代这片固沙林的大面积干枯与死亡
以及投下的巨大阴影
我们还谈到了治沙科研人员宋晓东

十九岁，怀抱梦想扎根沙丘
白天在风沙口劳作，收集标本
晚上挑灯夜战，继续观察实验
他把病虫害标本放进家里的冰箱
把家里的门槛当成案板弄得千疮百孔
面对优越的工作条件他没有丝毫动摇
面对国外定居的机会他没有半点心动
1998年他赴美留学，回国登机时行李超重
他毫不犹豫舍弃掉自己的生活用品
没让科研资料缺少半页

从青丝到白发。如我的平铺直叙
这个在平凡岗位默默奉献了三十五年的人
只做了三件事——
让中国第一片獐子松引种固沙林起死回生

成功引进国内外优秀治沙树种三十余类
使章古台镇成为国内最大獐子松种苗集散地
村民由此成为百万富翁

十九年,两千四百亩

日历要一页一页翻
往事要一段一段讲
那时的春天不是春天
那时的土地寸草不生
南风裹挟的是呼啸声
遮住了天空与大地的黄沙
灼伤的,不仅是人们的眼睛

一个人,在这样的背景里出现
他挣脱掉与闲适有关的引力
用荆棘为自己铺出道路
他要用誓言改写
要从黄沙中抽出绿丝绦
将汗水兑换为真实的风景
他,埋下头——
把一粒粒种子种在山坡

缓慢的雨水不在场
低于雨水的井水在远方
他得走一步退半步
才能把一桶桶水从沙坨子的那一头儿
挪到这一头儿

他就这样喂饱了
每一粒等待发芽的种子
喂饱了每一棵走向森林的树苗

他带领自己
从清晨到日暮
像茫茫沙海中一个行走的标点
不是逗号,不是句号
是一诺十九年
是一经出发就再也慢不下来的
——顿号

那么大一座山
那么难走的山路
漫长的光阴
数也数不完的杨树、松树和枫树……
请原谅,我只能用时间和面积来表达
十九年,两千四百亩

采访植树固沙人归来

采访结束时
天,已经黑了
挥手告别暮色中的侯贵
我们离开了林地

路过村口时
传来一阵欢快的乐声
顺着车窗向外看
我看到,村里的大叔大婶们
正欢天喜地扭着秧歌
他们的笑容,是那样灿烂

我想起了刚刚分手的侯贵
此时此刻,为了乡亲们的这份安宁
他正在万家灯火之外
在与世隔绝的深山里,默默地
忍受着漫长的黑夜与孤独

和他一起的,还有他的老伴贵婶
这些年,她肩挑重担
无数次行走在沙窝子里,一步一步
往山上背运树籽和粮食

我想起她那两条累弯的腿,想起她
在疼痛时,不停用拳头敲打膝盖的画面

泪水,顺着我的脸颊流下来……

― 北纬 42°的蓝 ―

遥远的西树林

无论从哪个方向靠近
它都地处偏远
越过一座又一座沙丘
这是从表面上看

一片荒地蜕变的背后
是鲜为人知的岁月斑驳
是命运打结、历尽沧桑、惊心动魄
是千次百次与强大的自己遇见

难以想象的风与沙在树身上刻下
醒目的、刀劈斧砍一样的痕迹
我准备放弃此处的描述……
因为所有的词语
在它面前都显得那样轻

坚定,坚韧,坚守
它们的最终挺立在于
始终记得自己将要去的远方
这使它们触摸到天空
站在栩栩如生的梦境里

在不断壮大的森林
每一棵树都是支撑蔚蓝的脊梁
每一棵树都是铁血硬汉
被我们称为贵叔的老人
也是其中一棵

——北纬42°的蓝——

雪夜,听不见的马蹄声

那一晚,月亮与星星都是隐士
北风比黄昏时吹得更猛
雪,完全没有停下来的意思

路,越走越长
他感觉自己回到了原地
于是掉转马头,向另一个方向走
而后转过一弯又一弯
他,把以上的轨迹又重复了一次

一次次出发
一次次被记忆拦截
满地的马蹄印将他包围
他尝试着将凌乱的影子重新排序
而雪光下的一切都失去了特征
白的道路,白的脚印,白的时间
陷入了空白处的他,已完整地迷失在
曾经闭着眼睛都能走回来的路上

到处都是雪,满地都像是道路
却没有一条通向灯火
没有一条能让他将自己带出黑夜

冷在一层层加深
回家,是此刻的梦
他渴望烧一炉旺火,温一壶老酒
但在这寒冷的风雪中
他必须与瞌睡保持足够的距离

冷战一个接一个
他马不停蹄,马不停蹄,马不停蹄……
从黄昏到午夜,从凌晨到拂晓
在雪夜中跋涉了整整八个小时的他
终于走到黑夜与黎明的交界处

这,是一场意外
是护林员李东魁大半辈子巡山历程中
唯一的一次

凝望一张照片

我望向他时
他正沉浸于远方
目光围绕着每一座山
山上的,每一棵树

他的身旁
是跟随他多年的老伙计
像是久经沙场的老兵——
那匹枣红马,眉宇间流露出
勇往直前的英雄气概

让人联想到一场与众不同的战斗
即将打响,或者刚刚结束
而那条被磨得铮亮发光的缰绳
见证着更为准确的说法
这一切,从未停止

它将过去与现在连在一起
将呼啸的山风与多层次的绿连在一起
将数十载巡山之旅和一个人的孤独连在一起

是这样的,五百七十公顷
完整的孤独

由一片沙棘想到另一片沙棘

在远去的
那场风沙与牧场的博弈中
沙棘是如何留下来的呢

青草一夜之间干枯
周边的植物逃兵一样四散
它站在风暴中心
如一位擎着火炬的先驱

生机,力量,无所畏惧
越是冰川期,理想越是健壮
风越猛烈,果实越是密集
生命的高光顺着庞大的根系
向后来者传递:拓荒,探索,意志

它的存在是一种照亮
每次从山上回来
我都会想起它的站姿,并将它
和无数个在沙海中搏击的人联系到一起

阿尔乡,一道常年出现的风景

风,猛烈地刮着
女汉子马辉和她的战友
像昨天一样出现在今天的清晨

随着口中的一声声号子
他们的脚步在沙窝子深处艰难地挪动
他们合力推动的,那挂装满树苗的马车
也在艰难地——向上——挪动

手心的血泡再一次磨破
嘴角的伤口再一次裂开
呼出的哈气在头发上再一次结出冰挂
还未愈合的,久未结痂的
埋头前进的他们从不在意这些

他们只有一个念头:向上走
把一车车希望栽到山上去
直到连成片的绿成为这里的主色调
直到春满沙丘

科尔沁的风吹向他们

整整十年了,这反反复复出现的镜头

让这群不服输的阿尔乡人

在模糊的风沙口,一遍遍清晰地刻画出自己

——北纬42°的蓝——

写于百草园

偃麦草，老芒麦，百脉根
杜尔伯特冰草，甘草，黑龙江披碱草
聚合草……那么多茂盛的青草
铺展在辽西北的沙地

有的来自南方
有的来自更北的北方
不论它们来自哪里
都有一个共同的出发点

它们让我想起当年
放弃赏心悦目的背景与前景
山一程，水一程
奔赴到这荒凉的塞外
于漫漫黄沙中扎下根的人

像这些治沙者一样，那些草
不遗余力地抗旱、抗寒、抗瘠薄
越是被暗夜包围越能破壳而出
越是被霜欺雪侵
越能让生长发出强劲的声响

朴素而高贵的草
让我一抬头就看见故乡上空的晴朗
让我一开口就说出：感恩

——北纬42°的蓝——

怀念一个人

九十岁的婆婆戴上花镜
又开始翻看影集
她指着其中一张对我说,你看
那是一座山,就在城西的柳河岸边
漫山遍野,那里没有一处不生长着树
没有一处不郁郁葱葱

那里留着一个人的设计图
和他数不清多少次丈量过的脚步
婆婆抬头望向远方,说:那时他还年轻
身穿黑色皮夹克,脚踏黑色皮靴
高大,挺拔,帅气
刚刚走出林校大门,他还不知道
有一天会离开养育自己的故乡
远赴千里之外

他的脚一踏上这片荒漠
野外跋涉就成为终生的风景
测点,打点,栽树
清晨离开家门,说不上什么时候
甚至哪一天才能回到妻儿身旁
吃在荒山,歇在荒坡

迎风沙，顶烈日
不是一年两年，是长年累月呀
说到这儿，婆婆陷入了沉默……

后来的事我是知道的
他的腰弯了
像他无数次画在图纸上的直角那样
像他无数次栽树苗躬下身那样
他再不能像从前：挺着腰板走路
坐着吃饭、平躺着睡觉

最终，我的公公
告别了伴随他多年的测量仪
告别了案上的规划图、放大镜和绘图笔
告别了林业部颁发的红色荣誉证书
还有，他所留恋的尘世
以——弯曲的姿势

他弯得那样坚韧，弯得那样有力
弯得像他亲手栽过的树一样挺直
弯得像他植满绿色的高山台一样，高大

被一株叫作胡枝子的植物唤醒

黄沙从三个方向包围一座村庄
一株胸怀远方的胡枝子
迈着坚定的步子走上沙坨子

它拼尽自己的力气
把大地的空篮子装上绿和更绿
把人们半枯的目光染成紫和深紫
它拉开春天的帷幕
繁星满天或汹涌成海
它将抑扬顿挫的梦境诵出体外
连空气中都飘出了韵脚

站在塞北风沙口的
这株曾经被我忽略甚至遗忘的灌木植物
如一个朴素的偏方
让我在为自己而活的私念中感到羞愧
我低下头，擦去记事本上的
喧嚣，以及多余的后缀

苍 耳

一种植物的名字,会让人想起陆游
想起他于千年前的山园
席地而坐,独酌独醉

"君不见诗人跌宕例如此,苍耳林中留太白。"
苍耳,是诗意的苍耳
能用"苍耳"为一个地方取名的
应该是一位诗人

诗人是可信的
词语更不会失真
它的确是绿草茂盛的甸子
它的三月比别处来得早
不仅如此,它使周围城市群的三月
更像三月

如一颗春天的启明星
它怀抱绿色的珍珠
越过空旷与荒凉
越过北风、冰雪、孤独
越过一座又一座形而上的山

将朝向远方走去的我们
一遍遍照耀

每当想起这些

风沙与春天难以调和的矛盾
在我的出生地盘踞多年

我只抽取其中一个片段
——不管去往哪里
首先要准备好整个清晨
风中凌乱的头发
一把越戳越短的铁锹

昨夜黄沙
肆虐的企图得逞了
朝南的房子前,一座比墙还高的山
已在门外等候多时

推门,一个简单的动作
却经历了愚公移山般的艰难
漫长的记忆与遗忘
多么沉哪,多么重啊

每当想起这些,我都会产生
向树木深深鞠躬的念头

春风吹来凰

山主人在他熟悉的林子里穿行
他肩上的八号线在清晨的阳光下闪着光亮
这是刚修完第三处围栏的空当
他站在那儿,和往常一样习惯性地打量
这片已打量过上千遍的树林

像是明白他的心意
每一棵树都长成了他想象的样子
风从他的身边经过,他听见
一簇灌木丛与一簇草丛低声耳语
好像有什么令人惊喜的事情将要发生
他向那里望了望,而后脚步轻轻向前移动
远景变为中景,中景变为近景
向阳坡地,那是一颗颗明亮的雉鸡蛋
和一只陶醉于孵化中的母雉鸡

多么动人的画面哪
多么值得款待呀,这林中的小贵客
这绿色中的绿色———一定要留住!
他弯下腰身,找来柔软的松针和细草
用那双让风沙一步步后退的硬汉的手掌
极尽细腻,极尽温柔与慈爱

拉近他与它们之间的距离：搭建一个稳妥的窝
小心翼翼地，把采来的草籽和盛满水的碗
放在一旁……

"它们会像树一样在这里扎下根"
他说得没错，在这个春天的另一个清晨
一双双美丽如凰的翅膀
划开了西树林，多年的寂静

所有的树都表达同一种心情

科尔沁沙地南缘,我出生的地方
那里有我的第一声啼哭,第一行脚印
我的被风沙击打,连续的咳嗽
还有你听不到的,我的沉默

没有一盏灯会被吹灭
没有一片荒漠不通往绿洲
因为信念,我与天地间的树一道
不舍昼夜找寻生命中的雨点

当目光触摸到精神的岩石
潜伏在骨子里的河流哗啦啦打开
东南西北,延伸的是森林
也是数不胜数的春天

茂密的树冠耸入蔚蓝
远山不远,近水亲切,所有梦见的
都诞生在注视的目光里
并持续升温

在珍爱的植物气息之间

念诵稠密的发言稿
每一棵树都能听得懂我说的
因为我们都没有空度光阴

— 北纬42°的蓝 —

松林静默

从那一年到这一年
从一望无际的沙地到一片片林海
如果仅仅用时间丈量
你会一无所知

半个世纪以来,你一定会漏掉很多
不可复制的细节:刺骨与猛烈摇撼的风
贯穿整个回忆的狂沙
上百种栽树方法中,令人落泪的
那一种

在你们看来
站在眼前的一棵棵树
和此前见过的没什么两样
它们站在贫瘠的出生地
舒展自如,像什么都未曾发生

不善表达,一如远去的主人公
用整个青春染绿这片荒漠
用一生经验寻找通往春天的大路
来时风华正茂,口音浓重
走时白发苍苍,思乡曲喑哑……

风,吹过松林
吹过林海深处静默的墓碑
也吹过我们,眼角流下的泪

——北纬42°的蓝——

三 融入绿水青山的合唱

一种精神与沙的四个变奏

短短十六个字
涵盖了几代人的青春乃至一生
矢志不渝,永不退缩,默默无闻,甘于奉献
在彰武治沙精神光芒的照耀下
一粒粒沙渐次苏醒

决然告别往昔
找回藏在身体里的星辰
穿越天空,大地,突破自身的渺小
进入厂房,铁炉,焰火,一道道工序
脱胎换骨,点亮城市从沙工业开始

理想提灯,日夜兼程
又一个令人心动的图景在新农村诞生
大米晶莹如珠,小米金黄似玉
果实归仓,粒粒饱满
沙农业再一次拉近春天与秋天的距离

命运从大风手中被夺回
用智慧和经验调出七彩:山水林田湖草沙
游客的团队自更远处浩浩荡荡出发
沙旅游登高望远,大惊喜刷新目光

金山银山被打造者高声喊出

升温的沙子怀抱滚烫的热情
发散思维,从八个方向重塑自己
入药,除湿,排毒,沙健康介入骨骼和肌肤
以有形之手拔去一颗颗无形的钉子
沙,完成了自身的涅槃

今日之沙非昨日之沙
它已长出一片片追梦的翅膀
在无垠的世界,如鸟飞翔

对《新千里江山图》的局部描述

庚子年七月,3322厘米的手绘长卷
如一张炫彩的荣誉证书
从京城发出

逶迤北上,经由大运河
七里海湿地、张北草原、塞罕坝林海
在山河之光与目光的交换中
拉开关外第一景

扑面而来的,是着了色的春风
是近乡情怯,是情不自禁的欣喜与停顿
是我用饱含乡愁的方言
至少读过三遍的"彰武沙漠绿化"

像刚刚画上去的
我的鲜亮亮的故乡,在青山葱郁中
在碧水环绕中,在绿的深浓中
散发出林草叠加的气息

那是生命、激情、绽放的标志
那是半个世纪以来的挑战、搏击与坚守
那是一代又一代彰武治沙人

一生的履历……

献了青春,献终身
献了终身,献子孙
千字碑文吟出笔外
我落在纸面的层层涟漪
是作为四十二万分之一城主人
永不干涸的,记忆

——北纬42°的蓝——

致蝶变之沙

在安静的展厅流连
我遇见一个词:轰轰烈烈
与前进和奔腾有关的汽车铸件
概括有度的展板和逐渐亮起来的
灯光下的细节,将我带入一场叙述

一粒沙娓娓道来
十万粒带有标签的沙打开庞大的记忆
透明的玻璃容器呈现出的白黄橙红褐
是静默与沸腾,是一片土地的前世与今生
是蓄在淘金人身体里,不听从命运的五色河流

经过小雪大雪,小寒大寒
经过长得让人落泪的跋涉,终于在某一天
找到自己的源头和路线图——
"用生产黄金的标准生产每一粒沙子"
在与汇合的星群交换过密码之后
以成倍的光和多层次的色彩
辐射东西南北

转身后的城市走向饱满鲜亮

在众人的仰头观望中
沙之梦与沙之都的声名远播
正一次次加速碰撞

——北纬42°的蓝——

记一场铸造行业技能精英比武大会

乘坐飞机或高铁,准确地说
是二百二十名铸造工匠借助梦的翅膀
从四面八方,赶来

沙都,一场国字号盛宴即将拉开帷幕
手指触摸启动屏,五秒倒计时
兴隆山以东,以工业为标志的园区
如春天的潮水,涌动

高大的厂房,敞开式的舞台
位居于视觉中央的孕育炉火之炉
身着银色工装的选手,众多发光的剪影
在巅峰对决的色彩之间高频率变幻

红色的燃烧,黄色的烈焰,白色的绽放
一次比一次精彩,一阵比一阵壮观
最为惊心动魄的是身带信仰之光的铁水
纵身一跃,朝向等候在彼岸的模盘
定格为形状,成为理想中的自己

绚烂归于寂静。关注的目光深陷于高地
在看似一挥而就的熔炼与浇铸竞技进程中
超越现场,飞翔,靠近深层的喻义

铸造车间的早晨

新的一天来临
蜜蜂一样的身影,开启的机器
不减速度与轰鸣
旋转,是双重意义的词语

一粒粒细小如本身的沙
通过传输带,进入流水线
由一个场景切换到另一个场景
清洗、搅拌、高温

看机人熟练的动作是流畅的线条
在汗水的催发之下
被梦想燃得发烫的原料
赶在时间的前面

将角色与自己融为一体
出色地,完成了重塑的过程

请记住,这明亮的花火

匆匆忙忙,他们坐上1路汽车
经过转盘、广场、北环、建华桥
出城……

工业园区,太阳如常照耀
一张张饱含期待的笑脸
在电焊车间,在红、黄、蓝
多彩的工作帽下,汇成无声的交响

像昨天一样,他们弯下腰
拾起一支支熟悉的画笔
那一杆杆储藏光源的焊枪
在涌动的构思中,靠近主题

视线延伸到哪里,笔就抵达哪里
平对接、横对接、角焊缝
他们以长久不变的姿势
一丝不苟,焊接梦想与生活的对应点

半空中,火红的石榴花
由中心向四周,从低到高
在凝望中,扩展,怒放
如一股新鲜的血液在时光中沸腾

经过沙画扶贫车间

她们灵巧的手指在空中环绕
细软的紫铜丝沿着记忆流畅地走
星形线,叶状线,波浪线……

这样的动作每重复一次
风就吹拂一遍大地
河流就完成一次漂亮的转弯
云朵就在章古塔拉小镇
传递出比棉花更真实的温暖

为心中的图案镶上阳光的金边
格桑花漫过的草原比以往更加动人
林海松涛是澎湃的章节,是深情的喝彩
喜上眉梢,吉祥的翅膀围着村庄
一圈又一圈,环绕

向着幸福出发的掐丝人
她们经过日月星辰的指纹和汗印
在沙产业的延链上,显得那样耀眼

读一幅金丝沙画

如刚刚醒来
天空将无比明澈的蓝
轻洒在瓷白色的背景上

天边,镀了光的云
沿着金丝线的走向慢慢透露轮廓
在经过一百八十四个村庄之后
于不宽也不窄的河流之上
打开洁白的花瓣

朝画面中心铺展的是辽阔的绿毯
其间藏着不会迟到的风
风与时间一样:均匀,透明
我们通过无边无际的碧浪
捕捉到它的影子

顺时针出现的是马,你知道
对于一片草原,从不缺席的始终是它
哪怕埋头吃草,哪怕挥一挥衣袖
除了它,找不到比这更迅速的
让我们闻到草香的引子

与之般配的是没有半点浪费的凝望
当与这幅《故乡的春天》重逢
我们的心中,再一次
有了风,有了起伏,有了奔腾……

——北纬42°的蓝——

速写光伏之光

拿起画笔以前
我已从不同角度,多次看你

一米一米,一片一片
钢筋编织的海,镜面反射的海
蓝色工作服连缀的海
面朝大海的海,奔涌在
大地的胸膛

倾斜,如一本打开的深蓝之书
在蓄满阳光的屋顶,山坡
不动声色,接受前景的暗示
而后,聚焦于一个
明亮的主题

每一束光都化身为电流
它们列着方阵穿过一座又一座村庄
于画框之外,溢出幸福的回声

写在旱田改水田施工现场

植树，种草
有关春天的篇章
这片土地已用艰辛的无字之书
留下了上万行

林海托举蓝天
草原与白云呼应
河流倒映金色的麦田
美与诗意，铺展在这座生态之城

绿，是一条没有终点的长廊
当日历翻开新的一页
手捧初心的擘画者又有了新的构想
——引水上岸，以水含沙
打造生态建设三部曲之水文章

大地上出现了壮观的风景
飘展的红旗，嘹亮的口号，鲜艳的标语
一辆辆大型推土机、挖掘机、重型卡车，轮番上阵
绵延数公里的施工阵线上
追梦人不舍昼夜，忙碌不已……

柳河,一条连接幸福的河流
正满怀激情,向远方奔流

稻花香时，梦更甜

这是9月16日的上午，11点18分
此刻，上三家子村部的办公室里
一场旱田改水田的座谈会正在进行
十三个村民像围住圆心那样
围坐在县委书记身旁

透过村民的目光
书记看到了他们对崭新前景的向往
也猜到了他们内心的顾虑与徘徊
是呀，祖祖辈辈，在这片土地上耕耘太久了
他们早已习惯了早出晚归、风吹日晒

拉着村民的手，书记说
埋在心里的话都说出来吧
他像邻家大哥那样仔细倾听
像对待自家事那样用心思索，他尽可能
用通俗易懂的方式解开大家思想的疙瘩
打比方，举例子，做比较
他一直在讲，连一口水都来不及喝

这稻田，是一道绿色的生态屏障
能遏制土壤沙化，维系万物生长，造福子孙后代

这稻田,是一把致富的金钥匙
能实现规模化种植、机械化生产,助力农业增收
让农户从繁重的劳作中解放出来

到那时候,农田就是景区,村庄就是花园
大清沟、小清沟、盘山楼、闹德海景区串点连线
巨大的旅游圈将吸引越来越多的游客
生态小镇、特色民居、手工作坊多点开花
男女老少不出家门就能创业赚钱

疑惑解除,雾霾消散,大家纷纷表态——
有了这么好的贴心人,我们这心里就有了底
有了这份情怀与牵挂,我们都有了出发的勇气
一个钟头过去了,两个钟头过去了
座谈会在意犹未尽中结束

十三个村民,没有一个舍得离开
他们排着队在院子里等候,直到书记把另一个会开完
他们迎上去,都想再说上一句
他想说,他也想说,他们都想说
谢谢您,书记!您辛苦了!您放心吧……
他们的手和书记的手紧紧握在一起,久久不愿松开
书记的眼中含着热泪,掌声在村部上空响起

这,是最美的同心圆

这,是使蓝图变为现实的胜券
用不了多久,推门便可见稻海翻浪
用不了多久,俯仰之间便可闻稻花浓香
稻花香里说丰年,喜人的画卷将在绿水青山间铺展

——北纬42°的蓝——

大地被沉甸甸的谷穗重写

小块变大块,多块变整块
蓝图描绘出的金色一口气铺到天边
大地的封面比从前更温暖,更明亮

这不是我的想象力
是阳光照见心中有远方的种子
是瑞雪,东风,领路人设下的伏笔
是互换并地的脚步,抄近路抵达秋天

收割场上,机器群在组合作业
农家人站在即将成为名画的视觉中心
稳操胜券,他们只管让目光飞翔
只管珍藏:丰收,加法,惊喜

这一年,不知有多少人在清晨和黄昏
养成了眺望远方的新习惯

幸福,正在进行时

又是一处大手笔
与愿望一致的字幕自东风里排开
留住水,改良田,护生态
每一字都价值连城

一簇簇悦目的浪花
从饱满的寓意中升起来
柳河两岸的村庄发出回应的新芽
最为流畅的部分,是房前屋后的出发者
他们与空气、土壤和水之外的火同行
以红彤彤,以向上生长的力量
为一条岁月之河重新命名

他们的身份都是生逢其时的人
无须怀疑,奇迹的持续发生

有一种樱桃叫红如意

有一种,意思是
满城绚烂中,它只是十分之一
百分之一,或者千分之一

樱桃,如果不麻烦修辞
就直接叫出它的名字
顺便,再重温一首老歌
"樱桃好吃树难栽,幸福要靠自己创造来"
多么显而易见的启示呀
这被我们紧紧攥在手心里的
法宝,或秘籍

红是果皮,也是果肉,由表及里
要是从色彩的情感联想出发
还可以抵达更深层的含义:火热,情怀
那些值得我们反复致敬的
长年累月劳作的身影

如意,如意
大地如期丰收,节日如期而至
藏不住的笑容淳朴
一如光芒近在咫尺
我因此,更加爱这个世界

一场贯穿梦境的大赛马

为了加深记忆
秋天特意为河流镶上金边
一场赛事加快了脚步
来自天南海北的英雄与宝马
汇聚在青山绿水之间的屏城脚下

以飞扬的马蹄测量河与滩的温度——
随着一声枪响,万箭齐发
骏马与骑手穿越相对而行的风
起伏的草木,变幻的云层
穿越自己不断后退的倒影

在时光的乐章中驰骋
奔腾的句式犹如十六分音符在律动
激情与速度,闪电与悬念,波澜与栩栩如生
抑扬顿挫,起承转合,这壮阔无比的对话
再精彩的解说词也难以抵达

仿佛一生在眼前排演
我们扮演现实生活中的自己
踏上前行的列车,向来路来,向去路去
没有曲终人散

冬捕节再一次将巨龙湖照亮

冰天，雪地
本已美不胜收的巨龙湖
又连环画一般，翻开新的一页

沿着清晨的冰面，一直向前
盛装的天空，盛装的车马，盛装的出征人
被冰雪镶过银边的击鼓，歌唱，舞蹈
发自内心的呼唤，再一次
将盛大与辽阔还给北方之湖

和谐与美缩短人与神的距离
头顶有一尘不染的祥云
耳畔有回荡不已的祈祷声
长生天，长生天
万物生灵，永续繁衍……

风吹一遍，经幡飘动一遍
崇尚源自心上，鱼来自水底
冰湖中央，那集齐所有目光的圆洞
是唤醒之门，是理想之门，是仰望之门
是即将腾跃的鱼的，起点和终点

渔工在冰面牵引，渔网在冰下穿行
起网，收网，高潮
鱼长出翅膀，向空中飞
又带着湖的光彩从高处落下来
成全人的纯朴与虔诚

每一条鱼都不隐姓埋名
它们有自己饱含的深意
年年有余，吉祥如意，五谷丰登
成群的好彩头如珍宝一般
被托举，被捧在怀中

画卷的压轴——
是将全网最大的鱼放回湖水
将自然的宠爱归还于天地
感恩，回馈，抵达完美

有朋自远方来

记忆不差一分一毫：8月8日
此处不再赘述有多么晴朗
在这片天空，辽阔之蓝与高远之白
从没有失约的习惯

远方的八位客人，刚刚
从全域旅游图中，从青山绿水间
从饱满的欢乐谷，归来
怀抱意犹未尽

盛情的蒙古包里
美，惯性一般继续延伸
沉浸中的导演、作曲家、摄影师和朗读者
不舍得转身，他们随着天赋的快车
返回上一环节

所有的酒都溢出酒杯
所有的表达都带有诱惑的色彩
所有的反对票都注定无效
那么拨动心弦的大画廊
谁不流连，谁不应和，谁不为之倾倒

圆形的桌面担当畅饮的载体
有人边翻看手机相册边咯咯地笑
我儿鲤鱼跳龙门那刻
正是我围绕千年古树祈祷之时
多么灵验哪,多么吉祥啊

潮水上涨——
一曲《雕花的马鞍》借势张开翅膀
快过风的骏马在加长的绿丝缎上奔跑
它的鬃毛如白色的哈达
在倾听的耳畔,扬起悠扬的破折号

陪友人看海

我确定,你不是第一次来
这里有诗词之乡的美名
与海有关的诗句
已先于任何一趟列车
引领你走在想象的路上

你的抵达是一次寻找与印证
此刻,你和你的目光
离色彩不远,离辽阔很近
一号林海,二号草海,三号花海
每一站都是毋庸置疑的大静美

你不敢高声说话
不轻易让脚步发出琐碎的声响
你说:远望使内存濒临不足
得删除年深日久的叹息
清空掉曲折迂回的记忆……
你的反应是正确的

次第开放的——你的笑容
与我的期待合而为一
我看见,海天之间,又多出一朵浪花

有关故乡的补充说明

如果,你走遍名山大川
这里不会带给你任何惊喜

你目光中的蓝天
蓝天下的山峦、树林、草地
环绕其间的稻田
看起来,是那样平常
平常到让你联想起过去

你联想起过去是对的
草木覆盖下的旧址
是忘记不得的昨天与荒芜
是沙海茫茫,是伤痕累累,是长路漫漫
是短暂停留的你无法抵达的远

如果,没有人向你提起
那些含辛茹苦将这些风景养大的人
你永远都不会知道
这座城市已默默
将举世瞩目的奇迹分享给你

——北纬42°的蓝——

开往春天的高铁

一座城与更多的城
上好的风景与等待出发的人
之间,飞出一匹极速的马

铁质的轨道
伸入云朵深处的闪光弧线
在极目远眺之时
已过群山,已过人声鼎沸

你看不到转弯,事实上你在转
天涯与海角,不过如此
你告别往事与最初的自己会合
且低头默念

大好河山任由我爱
从此不会姗姗来迟

触手可及的梦境

终于等到这一天——
内心与目光中的积雪同时融化

春风在春天里飞
苜蓿、燕麦、鸢尾、忘忧的萱草……
从已知的光影中苏醒
并以九倍的速度千亩、万亩
填满视野

作为一道道明亮的光
这些长势如其名的植物
既在汹涌的大草原上勇往直前
也在守望者的灵魂中
徐徐穿行

如同这一望无际中的某一种
你或我,没有辜负时光
我们以赛马曲般的奔腾气势
反复划响一张叫作大地葱茏的唱片
且经久不息

一个叙述者的又一次还乡

我一再描摹的
不过两个词
沙与树

一个是因,一个是果
一个是荒凉,一个是繁盛
色彩由黄过渡到绿
其间,有一个个打铁人
他们日夜不息
锻造我们所需要的东西

重现那些细节
会有与钙同等重量的发光物
与远方之外的灯塔对称
它使我看到年轮内部
即便是在深夜
即便处于惊涛骇浪之中

我感觉自己抵达于泥土
被扎下根的事物
向上,拔高了许多

致渐行渐近的归来者

我在关外
在结满光芒的枝头下
给你写信
我想告诉你
春风从哪里来

你离开故乡太久了
带着黄沙的暗影
带着风吹荒草的声响
带着深秋似的寒凉
你不会相信
我是待在原地等你的人

拆去那堵无形之墙
挽救濒临遗忘的记忆
为缺席者找到归来的理由
这是我新养成的习惯
从旧信封上找到投寄的地址
为所有背井离乡的人写信

从20世纪说起
从沙漠东南端的原点开始

——北纬42°的蓝——

从一株叫作沙打旺的灌木植物说起
说时光转折,说岁月变迁
说沧海如何变成桑田

翠绿与蔚蓝刷新视野
不断翻倍的森林覆盖率
值得树荫下的乘凉人一遍遍热爱
我越往前方走
越相信漫山遍野的格桑花瓣上
署着自己的名字

胜景如我所愿
一天新似一天,惬意相连
我不可能一口气和你讲完
你唯有——
一日千里地赶来
回到这繁华之地

来自八个方向的人哪
当我寄出这封信
就开始想象你加快脚步的样子
我已准备好了
这就出门,迎接你

举杯再邀客

贪杯不是你的错
我居住的辽西北小城
3641平方公里的风光太美

境内的四条河流太美
河流怀抱中的月亮太美
枕水而眠的鱼群太美
解你迢遥之梦的鱼宴太美

你看,半空中正盛开着
橘子杯的绝代佳容
你的怦然心动呼啸而来
你把尘世中的烦恼抛在脑后
是那样合乎情理

经典抵上舌尖
味觉与松林一样郁郁葱葱
你在醇厚的香气中穿行
紫色的桑葚酒加深紫色的沉醉
你一刻比一刻
更靠近栖心之所

不用猜也知道
你已无法数清,这世间
有多少人与你共鸣

在沈阳后花园等你

在给你写这张邀请函时
我刚从不远不近的画境回来
周围到处都是景点
我无法具体说出是哪一处

经过百公里旅游大道时
一只蝴蝶落在了我的肩上
不由自主,我做了一刻钟的植物
一连串的心醉绊住了我的双脚
我准备纸笔的时间略微延后

但分享的诚意从不迟到
春天刚刚来临,景色刚刚好
布谷鸟的叫声沿直线匀速前行
天空把多余的风搬了出去
花朵如云朵一般盛开在蔚蓝里

一座城市通过花园一词翻译自己
要想轻描淡写,实在不易
总之世外桃源足够你爱
总之山水之乐足够你铺排

高铁的手臂已经张开
半小时或一刻钟,越来越快
带上你的二十四种颜料和九个画框
来吧,我亲爱的朋友

四　与万物同行

倾听楚尔

雪山的明亮从它的音孔流出
湖泊的沉静从它的音孔流出
清风中，松子的香气
从它的音孔流出

这神秘的
通灵一般的苇科植物
仅用三个圆孔，仅用一个
专属于自己的故事
就让我沉醉在深刻的回响中
并住下来

我梦见一场漫长的寻找
一个古老的摇篮
一个为它取出名字的人
还有多年以后，那个被他选中的种子
一个年轻的乐手

在值得尊敬的乐音中
草木摆动它的叶片
我不断加速对自己的调整
与大地上的万物
一同呼吸

童年的蒲公英

不需要走很远
原野上的风会自然而然地
将你吹回到那里

童年,每天的必经之路
那站在角落里等你的
那默默举着长茎的
那怒放着的
小小蒲公英,你还记得吗

所有的植物中
我们最早认识的那一种
因为它的出现
山坡上不知多出多少个
举起绒球的小女孩

带着无限憧憬
扬起脸庞,鼓着腮帮
专心致志地,向着天空
向着四面八方
吹散,一朵又一朵

我也在其中
和天真烂漫的小伙伴一起
跟着风的节奏
兀自地吹，远而近
淡又浓

那一刻我们还太小
不知道自己是传播者
也看不到一颗颗蒲公英的种子
已飞向所有有沙土的地方
撒满了寂静的春天

为远去的树写一首回忆的诗

总是在我的记忆里
沙沙作响,那棵曾挺立在窗前
高大的白杨树

有时把天上的牛羊牵到我眼前
有时将清凉的树影递送到向南的阳台
大朵的绿与光芒,让每个清晨远眺的我
都有了莫名的踏实感

出发前,那必不可少的造访
是风向,是节气,是填补,是引领
是再一次听到的,内心的寂静
是我对经过的尘世
一遍遍加深的,热爱的缘由

尤其是在翻山越岭之时
在经受风沙击打和寒冷侵袭之时
它总是奋不顾身地托举着
朝阳,鸟群,风景
出现在离我很近的地方

但转折从来毫无征兆

那棵给我无数指引的白杨树
那个连接我与远方的温暖发光体
忽然在四月的某一天
在粗暴且急促的伐木声中轰然倒下

锯齿飞轮，木屑横飞
那一刻，大地复苏，草木萌发
迎春花开得正旺
桃花正吐露出深粉、浅粉
梨花正替无法预见的
说出一望无际的，雪白

出 省 记

最近,我在写与出省有关的诗
这首诗太难写了

从大清早开始动笔
我一口气写下好几十页"远隔千里"
可到了晚上,还是在原地
分不出此岸与彼岸

放眼望去
看到的全是细节:那边的蜻蜓
将弧线画在这边的水面
这侧的树丫,把色彩递给那侧的风

连开花的声音都能彼此听见
连露珠在叶片上滚动的轨迹都格外相似
我从沙滩上走,一片白云跟着我
它刚从对面山坡,放牧人的头顶
移过来

左脚是家乡,右脚是外省
出发等同于归来。这简直太快了
比复制和粘贴的速度还快

比成吉思汗的铁骑还快

我想说的是：不是所有的省都有分界线
比如辽宁和内蒙古，比如体内有着蒙古族血统的我
与科尔沁草原深处，悠扬的马头琴声

槐 树 下

风,一阵接一阵吹
一朵朵槐花从高高的枝头
散落在地上

一些落在树的根部
一些落在从前的花影里
更多的,落在周围的石板路上

经过那里的人们
走得小心翼翼,但脚下
还是发出了深浅不一的声响

好像凝固的时间被踩碎
好像绽放的回声从碎片中升起
好像没有情节的故事开启了
明天的回忆

沉 浸

一片挺立水中的芦苇丛
一群立在荷花额头上的蜻蜓
一只衔着食物正在喂幼鸟的须浮鸥
一阵轻轻吹来的风

不知不觉
你也加入它们的队伍
如支流汇入干流
融入那无声的合唱

你的心漫步在无我的边缘
除了这些
再没有别的了

春风又绿

终于等到这一天
北风弹尽粮绝,冰雪消失于自身
向往的季节从翘首的远山探出前额

候鸟从衔来的草籽里剥开
似箭归心,即日启程
闪电接通四月的号码,雨滴
一颗又一颗复活

积攒了整个冬天的花苞
不想和理想的枝头擦肩而过
它们先于叶芽萌发
打开千朵、万朵

我们放慢脚步
听风声入耳,雨声入梦

开在海边的不凋花

蓝雪科,多年生草本植物
花朵细小,色彩淡雅、明亮
如浩瀚夜空中的点点繁星

它耐盐碱,耐寒,耐干旱
一旦扎根就不会枯萎
一旦盛开就不会褪色

即使被风吹干
花朵照样宿存在花枝上
点亮所有望向它的眼睛

有人叫它盐云草
也有人唤它星辰花
但我喜欢称呼它——不凋花

那一刻我是富足的

有时候
我会绕很远很远的路
看一棵开花的树

旁若无人地
靠着它的树干
听整个世界静下来

如果不出意外
我会发现自己也是其中一朵

与蓝靛草有关的一次重返

风传来彼岸的消息
说你正以草木,以手工,以古老的方式
在素净里,抒情

合作的草汁懂得你的心事,它们在水中渲染
注解尾随其后,饱含寓意的图案应运而生
一道打开的闸门和不朽的河水
正催促识途的人

而我就是那抛开惯有矜持的来者
骑最快的马,在蓝白相间的月光下安家
我终于一统身心,靠近了家喻户晓的异域
和鲜为人知的故乡

但我不能惊动半棵水草,不能让三点水的笔画
打湿竹竿上晾晒的布匹,不能任由灵感挥发
一路倾诉下去。转身的艰辛一如回归的阻碍重重
我怎能,让缄默的蓝印花出现
孤独的冰裂纹

借着微蓝色的光芒回眸
在烟雨朦胧的清早,淡淡的一抹微笑
这已足够,无须有谁知道我来过

枕河而栖,栀子花

我不能带走自己
即便骊歌声声,即便汽笛阵阵
即便硕大的机舱载走
众多的梦中人

九百年前的一场梦境让我们相遇
而今,一封长信寄我重回,我怎能不
枕河而栖,而梦,怎舍得离开这张水墨画半步
天上的灯火,木楼的灯火,水面的灯火
帮我找回一生的落脚点——以一株植物的身份留下来
以扎根的方式行走,以开花的方式
回报时光的恩典

碧影重重,吐放珠玉,没错
那株栀子花是我,在水乡的夜色中成为另一盏灯
守在河岸,在深情弥漫的巷口,在熟稔的桐油香里
在欸乃的橹声中,替自己的前世
爱上今生

游子的身份结束
从此不再是孤帆,远影
从此生命如花

桥,梦的上游

故乡不再是回忆,当身披月光的人
被梦中的桥托起,被耀眼的波光映照,她有必要
一遍遍确认自己的所在:终于回到这里了
由北至南,飞越三千里江山

在青石板上来回,在一把钥匙的静与非静之间来回
在下游的乡愁与上游的重逢之间来回,亲近每一处石栏
抚摸每一道因为等待而被岁月雕刻的痕迹
她允许了自己,在千回百转之后
喜极而泣

徐徐的晚风吹送,舟楫荡开
流水的潺潺声,渔夫的唱晚声……
温婉的方言由远及近,这让久居他乡的人怦然心动的
珠玉,承载了多少的晶莹

漂泊之痕迅速愈合
半圆的桥拱与水中的倒影形成天人合一的画面
无须再浪费多余的笔墨,天上的月亮
圆了

留恋处处,水

一封家书并非起笔于此刻
一场沉醉也绝非止于这个夜晚
一个盛大的排比句,即肉眼可见
更抵达内心

灯笼成排怒放,莲花铺遍河面
那光,那影,那羽化的翅膀,频频在召唤
舒缓的萨克斯在灿烂的光波中重现主题
回家,回家……

月光推开镂花的窗户
返璞的歌谣唤出错落的长短句,题字的折扇飘出
意味深长的墨香……这一河茂密的波光水影
似仙境,似诗篇,是赐予你我
寂静的和鸣

长长的石板路上
我们穿起多年前就已绣好的花布鞋
复习着——回忆的千百种针法

雪或雪景以外

醒来的雪和睡去的雪
都是静悄悄的
没有人能在其中听到
与往事有关的回音

我们从春天走来
穿过此后的三个季节
期待在一场未被绕过的雪中
进入果实一般的空白

无边无际的雪就在眼前
我们像走向自己一样进入视野中心
雪并不介意我们的深入
这让越走越慢的我们感到心满意足

现在,我们做什么呢
俯身,贴向积雪
倾听今年的雪与去年的雪
撞击时,发出
前所未有的寂静

这执拗毫无来由

我经常一起笔就写到海
其实,我生活在离海很远的地方
但每隔一段时间,我都要找个理由
到海边走一走

有时候,我会沿着海岸
从一座城市走到另一座城市
仿佛要看一看相距甚远的两地
如何将同一座海环抱

当写到这儿
我好像又一次走到了海边
海风吹着我蓝色的亚麻长裙
像吹着大海的另一个漩涡

多年来,我就这样一个人
默默走,什么也不说
什么也不想表达

河畔写意

新年的第一场奢侈
是我们怀着独一无二的心情
来到叫作三面船的地方

宽阔的河面托着重逢的影子
我们还原为一群水鸟
以展翅,以低翔,以盘旋
证明自己是从不曾褪色的歌者

从冰面的镜像到凝望的补充
从击掌合鸣到远山回响
冬日的繁华进入心空
顺叙,倒叙,补叙,周而复始

夕阳照向回望中的
田野、村落、树林、牛羊
每一眼都是值得珍藏的图案
每一声都是积蓄,每一刻
都有漂泊以外的踏实感

山中望远

因为通透,可以望见不远处的三月
村庄,丛林,蜿蜒而去的河水
水上的山影重重,穿梭的鱼
以及泛起的层层波浪

稍远,是天上往复来去的云影
风吹动下的点点归帆
手中托举生活的捕鱼者
还有片刻的停顿与即将的出发

前天和昨天在更远处
孤独于世的山石在时光的陈述中
涌出数万年前的流水
又在独自坚硬的永恒中回到片段

瞬目之间
这是最远的时刻——
我俯下身,像拾起流逝的寂静般
拾起三片回音的翎羽

——北纬42°的蓝——

途经福字

雪下到山腰
祥瑞经过我们一半
背景开始更新

我们抬头
望见画轴的顶端
山峦仿佛知道有人问路
它升起万颗星子

介于现实与非幻觉之间
星群在夜晚21点的深处
发出近在咫尺的光芒
但这还不是真正的相遇

我最想说的是：在万道星光的交织中
熠熠夺目的一个巨大的福字
正带着我们共同期待的吉祥
照耀人间万物

开在集邮册里的花

我时常会想起
静静开放在集邮册里的花

清晨开花的萱草
形如悬钟的蓝桔梗
有着可爱斑点的鸢尾
名字丑巴巴但不妨碍好看的乌头
还有,秋丝绕舍似陶家的菊花

想起小时候的自己
为收获其中的每一枚
踮起脚等候那辆绿色的邮车
和一封封与我无关的信件

那翘首张望的样子
就像枝丫伸向有雨水的天空

仿佛从未离开

这回应来得有些迟缓
但怪不得我,凡是美的事物
都得给人留有出神的余地

从山上归来有一阵子了
我仍处于回望之中
还以为自己和良辰肩并肩
在令人沉醉的诗意中
一步并两步,向山上走

被山风包围,被山光映照
我已完全忘记访者的身份
认定自己就是一棵树
从一开始就扎根于绿色的画布之上
无尘埃,无喧哗
唯有安静在此,纯净在此

它的美不是一个秘密
我不想说出是因为
这锦和锦上花
用不着太多的唱词

第十六枝向日葵

在南国充沛的阳光下
你全身心地高喊
明亮一些,再明亮一些

你将从太阳那里摄取的光亮
洒在画布上的田野村庄
你深爱的幻想,通过喷薄
一遍遍燃起熊熊火焰

旋转的线条,狂热的色块
充满感应的影子
使层叠的想象芬芳扑鼻
使漠然的岁月触动人心
使多年以后的仰望者
久久伫立

在醒目的饱满与沸腾之后
你匆匆迈出沉浸已久的光之屋的门
以结出果实的方式接近永存
留下十五枝向日葵以外的形貌
沐浴在金色之中

站在桥上看到的风景

因为曾经的凋零
一座花园模糊于风雪之中
此刻,它走上了回归的桥梁

一滴雨赶往春天的键盘
一阵风走在返青的路上
一片叶子将折叠已久的明亮打开

水平如镜的池塘
尽可能朝着更多的方向
第一时间,转达所倒映的

画面中,一个人与景色为伍
如四月的报春花
迎风开放

每一片树叶都如同钥匙

那一年,我模仿诗人的语气
在作业本上写下
火红的枫叶像火一样红

那时我还不曾见过红叶
但我读过霜叶红于二月花
经这句诗的点拨
我完成了人生中的第一次造句
并得到老师红色的批注
好!

一个字,因为唯一而完整
因为简洁而印象深刻
因为与叹号并列而变得坚定
且充满力量

我记住了枫叶的形象
在那以后的许多年
都从未感觉到秋风萧瑟

在大辽河宽阔的掌心

不必说无穷尽的积雪
不必说山一程,水一程
更不必说来自不同方向的风尘仆仆

删繁就简,向着源头出发
回到日照充足的村庄
高大的白杨树林
河流铺展的北方大地
回到必然的停歇与长久的注视

以从未离开之名
翻新保存完好的旧时光
在生长刹那与永恒的寓言中
启动铺满天空的蓝丝绸
靠近春光,宠辱皆忘

这是一年中的第一天
崭新,珍贵,动人,表达不尽
这是一条名为柳河的支流
汇入大辽河的难忘一幕

万物共生

01 打开隐喻之门

可否将这看作生命中的礼物
十二月,小雪与大雪之间,引路之桥
二维码,门票,早已准备好的
即将进入体验的空杯子

光的翎羽于古老的树下纷呈
鲜亮如果实的符号递过来整面墙的神秘与未知
在令人怀疑的虚幻中,你向前
迈出真实的第一步

时间之门与空间之门同时开启
你看见门厅两侧,另一个你展开双臂
奔向主题:那醒目的
深蓝与寂静

02 追问

穿过长长的隧道
通过手指步步惊心的触摸
开始一场必经的反思

―北纬42°的蓝―

你仰望过河流吗

你与大地上的草木拉过手吗

一朵花的明亮,你为之颤抖过吗

第一条唤醒了春天的蚯蚓

你是否记住了它……

你回答不上来

你承认自己与世界相隔遥远

消失在孤独的梦里

03 展开襁褓

破土而出

一粒种子的愿望被放大

千千万万个光点

在幕上流动

也在凝望者身上流动

它们之间没有界限

所有的生命都是联系在一起的

从单色到复色

从一粒细胞到不同的颜色

最终,都将被明媚的日子引用

04 土的摇篮

春天的马达声
从这里启程

细小的蕨类
被牵引的绿色植物珠链
高低不同的梦境
从萌芽到引人注目

我们以草木的身份加入
一场场新的出发
和随之产生的
新的回忆

将时间的深意
反复擦亮

05 水生植物

水滴的翅膀
飞越高山、草原、沙漠、森林
滋养我们,从枝到叶
从视觉到味觉

四分之三

蓝色的领土
我们身上的每一处
都有水的印记

我们都是生活在水中的植物

重新填写简历
由第三人称转为第一人称
我们实现身体与精神的双重还乡

06 漫游

两个场景在互动
蓝在寂静与深邃之间有序循环
那条象征生命的鱼
如一道光
腾起，跃动
落在我们惊异的目光里
并朝向时间以外
游得更远

大海的孩子
它的每一个段落
都在为宽阔而书写
我们踏着海浪
从一朵浪花中找到多元的意义

这时脚下的海水
已扩散到世界的每一个角落

07 萤火虫之海

这是我遇见的第二片星空
萤火虫生动地出场
一盏又一盏,在目光中盛放

美到落泪
正如归来者说的那样
一片由光创造的海
在高于视线的闪烁与流动中
照亮时间,记忆,每一次呼吸

无声,但丝毫不影响打动心灵的力量
亲历者和见证者逐一被引领
在波涛之上,起伏,上升
为漫游注入新的内涵

08 生生不息

在这世上
总有冰雪封不住的地方
比如至冷的季节
我在一座缔造无限可能的城市

历经一段奇幻的生命之旅

在北风与北风之间
在并没睡去的,去年的草坪上
发出蔚蓝之光的籽粒
正以骑士般的勇猛
穿透暗夜

它们填满了我的视野
从脚下一直升高到头顶的星空
碰撞,沉浸,对话,洗礼
直到准备收获的灵魂
抵达万物之塔

明快的音乐在耳边奔涌
我如复苏的新枝
投入大自然的怀抱
全身心地

09 启示

将对准自己的镜头移开
以正确的方式
远望天空

春夏秋冬

丰满而不拥挤的
十二月诗章
离我们那样近

飞越丛林和沼泽
只为再回到故乡的候鸟
在阳光的洒落中
一丝不苟歌唱的植物
每一帧都令人感动

青绿山水，人小如豆
我们点缀其间
我们是万物的同行者
而不是唯一的主角

10 回响

有些记忆可以消散
但这一站：不会

在凝望与停顿之间
在还原与呈现之间
在引领与传达之间
我们始终被震撼和唤醒

它的变幻，它的流转

它的浩瀚，它的无垠，它的盛大
它的循环往复，它的永不谢幕
为我们这一生所需

它发光的手指所指
值得我们热爱和持之以恒地感恩